JANOSCH

Schnuddels zweiter Schultag

JANOSCH

Schnuddels zweiter Schultag

LITTLE TIGER BOOKS

Dieses Buch
schrieb und malte
Janosch.

Am ersten Schultag, war Schnuddel viel zu spät in die Schule gekommen, hatte getrödelt. Hatte unterwegs seine Freunde besucht. War auch ein wenig mit Günters Boot auf einer Pfütze herumgesegelt. Und dann war er so spät in der Schule angekommen, daß alle schon zu Haus waren.

Doch dann hatte er in der Schule noch ein Wort lernen dürfen, nämlich:

ICH

weil es noch an der Tafel geschrieben stand. Nun konnte er also schon ein Wort lesen und auch ungefähr schreiben.
Aber morgen ist Schnuddels 2. Schultag.
„Morgen komme ich nicht zu spät in die Schule, Mutter", sagte Schnuddel bevor er schlafen ging, „weil ich morgen noch einiges in der Schule lernen muß. Ich will nämlich alles wissen, verstehst du mich?"
„Na klar", sagte die Mutter.
„Dann leih mir doch bitte deinen grünen Wecker, für den Fall, daß mein Wecker nicht funktioniert."

Also lieh Schnuddelmutter ihm ihren grünen Wecker. Sie brauchte keinen Wecker, sie stand von allein auf, um mehr Zeit für die Lebensfreude zu haben.

„Und paß auf, daß er dir nicht auf den Fuß fällt oder so. Du bist so klein, und der Wecker ist so groß.“
Dann sagte Schnuddel zu seinem Vater: „Ach, leih mir doch einmal deinen Wecker, lieber Vater, denn morgen komme ich in die Schule nicht noch einmal zu spät, das kannst du mir glauben.“
Auch Schnuddelpapa lieh ihm seinen Wecker, denn auch er brauchte keinen Wecker. Er stand von allein auf, wenn die Sonne aufging.
Ging dann in Wald und Feld und betrachtete das Leben der Tiere, lauschte auch dem musikalischen Morgengesang der Lerchen in der Luft und studierte die Spuren der Ameisen und Käfer.

Also hatte Schnuddel jetzt drei Wecker,
die ihn wecken würden: den Wecker von der Schnuddelmutter, den Wecker von dem Schnuddelvater und den eigenen Wecker.
Was konnte da noch schiefgehen?
NICHTS.
Obendrein baute Schnuddel noch eine eigene hochinteressante WeckerErfindungsanlage.

Er hängte Vaters Rasierspiegel,
welchen Schnuddelvater sowieso nicht brauchte, weil er sich nie rasierte, den hängte er genau dorthin, wo morgen der erste Sonnenstrahl durch das Fenster in die Bude kommen wird.
Dieser wird in den Rasierspiegel treffen, abprallen und seiner Schwester Schnuddelsuse direkt auf die Augen strahlen,
dort in ihrem Schnuddelbett und sie würde aufwachen und sofort Radau und Rabbatz veranstalten, denn sie veranstaltete jederzeit und den ganzen Tag überall
nur Radau und Rabbatz,
nicht zum aushalten
für unsere schwachen Nerven.

Und dann würde nämlich er, Schnuddel,
von dem Radau und Rabbatz aufwachen.
Diese Erfindung war Gold wert.

Dann hätte er morgen jede Menge Zeit, würde gut und gemächlich frühstücken, also Nuß- und Mandelkerne mit Honig, Himbeeren und Brombeeren. Würde seine Sachen gemächlich zusammenpacken, also Bleistift, Kugelschreiber und Papier.

Indeß würde Schnuddelmutter ihm das gute Schulbrot einpacken, also Kraftbrot mit Käse und Gurke und eine Tomate dazu. Und wenn möglich auch noch einen Butterkeks. Leibspeise der ersten Klasse.
Und dann würde er langsam und gemächlich in die Schule schlendern, unterwegs seine Freunde besuchen und immer noch als erster ankommen. So viel Zeit wird er haben.

„Alsdann gute Nacht, Leute“, sagte Schnuddel und betrachtete noch einmal alle Wecker.
Und er schlief mit guten Nerven so tief wie eine Waldmaus im Winterschlaf.
Jedoch am nächsten Morgen: o je!!
Mutters Wecker weckte ihn nicht, weil er noch nie funktioniert hatte, er war schon kaputt gekauft worden.
Vaters Wecker konnte ihn nicht wecken, weil der wohl über hundert Jahre alt war und nie geölt.

Sein eigener Wecker weckte ihn nicht, weil Schnuddel ihn nicht eingestellt hatte, denn er wußte nicht wie.
Und vor dem ersten Sonnenstrahl stand zufällig ein Blumentopf auf dem Fenster, das hatte Schnuddel nicht bedacht. Der Strahl traf den Spiegel nicht, der Spiegel blendete die Suse nicht und die Suse machte keinen Radau und keinen Rabbatz.

UND SCHNUDDEL WACHTE NICHT AUF.

Als er aber viel zu spät aufwachte, rannte er los wie vom tollen Hahn gepickt.
Nahm kein Frühstück mit, vergaß Papier und Kugelschreiber. Nahm nicht einmal seinen Hut mit und wollte wenigstens den Schulbus noch erwischen.

Rannte wie eine gehetzte Wachtel über die Wiese und sah dann --- aus der Ferne --- wie der Schulbus weit weit hinten oben auf der Straße davonfuhr.

„Alles verloren, dieser Tag ist für immer erledigt“, sagte Schnuddel und schoß eine Haselnuß als einen Elfmeter zwischen zwei Grashalme ins Tor, traf aber nicht einmal das Tor, und schoß voll ins Aus.

„Da möchte man nicht mehr leben“, sagte Schnuddel und ging langsam nach Haus. Hatte nicht einmal Lust aufs Frühstück, und das Leben hatte keinen Sinn mehr.
So hart war es.
Und als er da so ging und sich grämte und alles verloren war, hörte er ein Fiepen.

So ein Piepsen. So ein kleines Pfeifen irgendwo im Gras wie eine Windharfe.
Als er danach suchte, fand er --- da fand er

das kleine Grasgespenst. Es war in eine
Mausefalle geraten und hing mit dem
Gespensterkleid hinten fest, rettungslos verloren,
konnte sich nie und nimmer befreien
und fiepte in der Not.
Aus-verloren-Sense-Schluß.

Als Schnuddel das kleine Grasgespenst unter
Lebensgefahr aus der Mausefalle befreit hatte,
wurden die beiden Freunde auf
immer und ewig.

Auf ewig, weil Gespenster unsterblich sind, also jedenfalls über hundert Jahre werden sie alt, das ist sicher.
„Wenn du einmal Kummer hast, alter Junge, sag es mir.
Ich bin ein Gespenst und kann alles beschaffen.“
Da erzählte Schnuddel, daß er sehr wohl großen Kummer hätte. Er käme nämlich jeden Tag rettungslos zu spät in die Schule, egal, wie er es anstellte.
Und das schon so lange, wie er in die Schule ging: „fast ein ganzes Leben.“
Da schrieb das kleine Grasgespenst ihm auf ein Blatt von einem Baum. denn sie hatten kein Papier, eine galaktische Formel, kosmonautische Sternenzahlen. Und sagte: „wenn du diese Zahlen auf das Blatt Papier schreibst, welches du in die Schule mitnimmst.

Und wenn du das Papier dann zusammenrollst.
Und wenn du von links her in die galaktische Kosmonautenrolle hineinkriechst, geht die Zeit zurück.
Immer zwei Stunden.
Du kommst dann am anderen Ende aus der Rolle heraus und bist zwei Stunden früher da.
Alles verstanden?“
Na klar, hatte Schnuddel alles verstanden.
„Wenn ich zum Beispiel zwei Stunden zu spät kommen würde, krieche ich durch die Rolle und bin schon vor zwei Stunden angekommen.
Wow! Genau das habe ich gebraucht.“

Und wenn du zweimal durchkriechst, kommst du vier Stunden früher heraus. Dreimal ---"
„Sechs Stunden", rief Schnuddel.
„Und wenn du von rechts nach links hineinkriechst, kommst du auf der anderen Seite zwei Stunden später heraus."
„Und wenn ich hundertmal durchkrieche... "
„dann hundertmal zwei Stunden..."
Und schon rannte Schnuddel los, rief noch: „Wir sehen uns später, Adio."
Das kleine Grasgespenst hauchte sich wieder als ein kleines Windhemdchen in die Wiese und verschwand. Vorläufig.
Schnuddel schrieb sofort die kosmonautischen Zahlen auf das Blatt Papier, konnte er jetzt schon ein Wort lesen und sieben kosmonautische Zahlen schreiben, was konnte da noch schiefgehen?
„Was machst du da?" fragte das Schnuddelpferdchen als Schnuddel die sieben Zeichen auf das Papier schrieb.

„Wirst du gleich sehen“, sagte Schnuddel, rollte er das Blatt zusammen, kroch von links nach rechts durch und als er am anderen Ende herauskam, war es zwei Stunden früher und

Schnuddelpferdchen stand noch nicht neben ihm. Es war aber genau so früh, daß er noch im Bett lag. Rings um ihn standen die vielen Wecker und funktionierten nicht. Machte aber nix, denn er saß da im Bett und war wach.
Wow!
Und seine Schwester schlief auch noch.

Also konnte er aufstehen, gemächlich die Hose anziehen. Dann die Schuhe.
Und gemächlich seine Mutter wecken, denn zu dieser Stunde schlief sie auch noch. Sie konnten gemächlich zusammen frühstücken.

Schnuddelpferdchen wachte von dem Lärm auf und es gab Haselnußkerne und Mandeln, Himbeeren und Brombeeren, das alles mit Honig. Hier saß Schnuddel, dort saß die Mutter, und Schnuddelpferdchen
oben auf dem Tisch.
Schnuddelsuse hatte er nicht geweckt, damit sie beim Frühstück nicht durch Radau und Rabbatz die Stimmung vernudelt.

Schnuddelpapa war schon in die Natur gegangen, wollte heute ein paar Ameisenspuren verfolgen.
Alsdann machte die Mutter gemächlich das Schulbrot.
Nun wollte aber Schnuddelpferdchen auch in die Schule gehen.
„Ich würde gern alles über Kirschblüten und Maikäferzucht lernen."
„Nundenn", sagte Schnuddel, „wenn

du das Gepäck trägst, sollst du dabei sein."
Und so machte also die Schnuddelmutter für

Schnuddel zwei Kraftfutterbrote mit Käse, Gurke und Leinsamen.

Und für Schnuddelpferdchen zwei Kraftpferdefutterbrote mit Pferdchenkost, also mit Heu und Salat. „Nimm die Picknickdecke mit, denn wir haben massig Zeit. Wir können uns unterwegs ein wenig an der Natur ergötzen“, sagte Schnuddel.

Ergötzen ist Dichtersprache. Also wickelte Schnuddelpferdchen die Kraftfutterbrote in die Picknickdecke, nahm Papier, Kugelschreiber und Bleistifte mit und dann machten sie sich auf den Weg.

Vergiß deinen Hut nicht, Schnuddel, es könnte regnen!
Als sie zu dem kleinen Teich kamen, war dort der Frosch Günter und badete.
„Wo geht ihr denn hin, Leute?“ rief er.
„In die Schule“, rief Schnuddel.
„Eilig?“

„Ach nein, wir haben viel Zeit, weil ich kann nämlich die Zeit ...“, aber was er konnte, sagte Schnuddel dem Günter dann lieber nicht. Muß ja nicht jeder wissen, was einer so kann.
„Dann kommt doch ein wenig baden“, rief der Günter, „wir können uns im Wasser tummeln, Schweinchen und Ente spielen und uns mit Schlamm bewerfen.“

Das taten sie auch. Sprangen in das Wasser und beschmierten sich schweinchenmäßig mit Schlamm. Am schlimmsten war Günter, er besudelte den Schnuddel mit Schlamm und Lehm, daß es nur so krachte.
Macht nix.
Untergetaucht und schon wieder sauber.
Das Schnuddelpferdchen machte die Ententauche, „Köpfchen in das Wasser, Schwänzchen in die Höh“.
Das schöne Spiel dauerte über zwei Stunden.
„Macht nix“, sagte Schnuddel und kroch mit dem Schnuddelpferdchen durch die Röhre, und sie hatten wieder zwei Stunden verdient.
Nun gingen sie gemächlich weiter.
Alsbald trafen sie auf dem Hügel diesen Hasen, welcher so gern rannte.

Weil er immer siegen wollte. Erster sein. Lummer hieß er. Mit diesen langen Beinen. Konnte rennen wie der Blitz.
„Wo geht ihr denn hin, Leute?“ fragte Lummer.
„In die Schule“, sagte Schnuddel, „aber wir haben es nicht so eilig. Gibt es etwas besonderes zu erleben?“
„Und ob“, rief Lummer, „Ich würde gegen einen von euch rennen. Wir laufen hier weg und wer in zwei Stunden eher wieder zurück ist, ist der Sieger. Geht ganz einfach.“
Nun dachte Schnuddel:
„Den werde ich hereinlegen. Hasen sind ein wenig dumm und er weiß nichts von meiner Zeitmaschinenrolle.“

Also war Schnuddel einverstanden und ließ den Hasen schon einmal losrennen.
„Dann hast du ein wenig Vorsprung“, rief er ihm noch hinterher UND DANN KROCH SCHNUDDEL IN SEINE ZEITMASCHINENROLLE.

Dachte, wenn er zwei Stunden früher herauskommen würde, wäre er bereits da, wenn der Hase zurückkäme.
Falsch gedacht, mein lieber Schnuddel.

Denn als er aus der Röhre herauskam, war er zwei Stunden vor der Zeit da, ALS ER DEN HASEN TRAF. Mußte also zwei Stunden warten.

Und als der Hase dann nach zwei Stunden ankam, KAM ER NICHT VOM RENNEN, sondern kam erst an und fragte:
„Wo geht ihr denn hin, Leute?“
„In die Schule“, sagte Schnuddel, „aber wir haben es nicht so eilig. Gibt es etwas besonderes zu erleben?“
„Und ob“, rief der Hase, „ich würde gern gegen einen von euch rennen...“
Da merkte Schnuddel, daß er zwei Stunden verloren hatte. Hatte hier unnötig gewartet. Hatte nun keine Lust mehr auf Rennen, sagte jetzt, nein, er wolle keinen Wettlauf, denn er müsse in die Schule. Er könne nämlich schon

schreiben und lesen.
„Wieviel?“, fragte Lummer.
„Was wieviel?“ „Wörter oder Buchstaben.“
„Fast alles. Ein ganzes Wort. Nämlich I C H.
Würde es hier irgendwo geschrieben stehen,
könnte ich es dir vorlesen.“
Stand aber nicht geschrieben.
Und HÄTTE auch nicht geschrieben stehen
können, denn Lummer konnte gar
nicht schreiben, lesen schon gar
nicht. Weil ein Hase geht nicht in
die Schule. „Schade“, sagte
Schnuddel, „tut mir
leid, sonst hätte
ich dir etwas
vorgelesen.“
Also liefen
Schnuddel und das
Schnuddelpferdchen
weiter, beeilten sich,

wollten nicht zu spät kommen. Wollten auch nicht mehr durch die Zeitmaschinenröhre kriechen. Bekamen auch Hunger, denn gegen Hunger funktioniert so eine Zeitmaschine nicht. Du kommst wohl zwei Stunden früher

heraus, aber der Hunger läuft weiter.
Also verfrühstückten sie ihr Pausenbrot und trafen dann das riesengroße Wildschwein.
„Tanzt einer von euch mit mir einen Lambada?“ rief das riesengroße Wildschwein, „weil Tanzen ist meine große

Leidenschaft, dabiduba tschatscha..."
Wohl tanzte auch Schnuddel gern
den Lambada.

Und wohl tanzte auch schon der kleine Tiger und das kleine Spaghettischweinchen dort auf der Wiese. Wohl spielte die Dudelente auch auf der Harmonika.

ABER SCHULE IST AUCH SCHÖN.

Also liefen Schnuddel und Schnuddelpferdchen weiter, trafen auch bald noch Lili mit der Locke auf dem Kopf.
„Kommt ihr mit zur Geburtstagsfeier von Seyfried? Es gibt Torte mit und ohne Eis. Und Limo mit und ohne Zitrone. Also für jeden das, was er will, alles einmal mit und einmal ohne. Seyfried wird zweihundert Jahre alt."
Seyfried ist der Elefant mit dem Bügelbrett, wir kennen ihn schon, oder nicht?
Wir kennen ihn.
„Ach nein, wir kommen nicht mit", sagte Schnuddel, „weil wir in die Schule müssen."

„Ich kann fast alles lesen und schreiben, aber ein paar Wörter fehlen mir noch. Wenn hier irgendwo das Wort hingeschrieben wäre, welches ich zum Beispiel schon lesen kann, könnte ich es dir vorlesen."
„Ich schreibe es hin", sagte Lili mit der Locke auf dem Kopf, denn sie konnte sehr wohl schreiben. Doch ehe sie sich zweimal umgedreht hatte, waren Schnuddel und Schnuddelpferdchen schon weitergelaufen. Hätten ja auch durch die Zeitmaschinenröhre kriechen können.

Hätten dann Zeit gehabt. Hätten zu Seyfrieds Geburtstag gehen können und dort auf immer und ewig bleiben.
Immer durch die Zeitmaschinenröhre kriechen. Wollten sie aber nicht. Hatten schon genug erlebt. Wollten jetzt lieber lernen.
Und bald überholten auch alle anderen, die dort auf dem Weg in die Schule waren.

Also die Grille.
Und die Mäuse.
Und den Schubkarrenzwerg.
Der Schubkarrenzwerg fuhr den kleinen Elefanten im Schubkarren, weil einmal fuhr der Schubkarrenzwerg den kleinen Elefanten und einm schob der kleine Elefant den Schubkarrenzwerg im Schubkarren. Dadurch hatte immer einer von beide es sehr bequem. Das macht man so unter Freunden. Einmal ich dich und einmal du mich. Als Schnudde das sah, sagte er zum Schnuddelpferdchen:

„Dann trage du mich jetzt zuerst und dann trage ich dich ein anderes Mal zuerst."
Na, wir wollen sehen, ob Schnuddel ein anderes Mal das Schnuddelpferdchen tragen wird.
Schnuddel und das Schnuddelpferdchen kamen nur ein ganz klein wenig zu spät. Die Stunde hatte schon angefangen und Frau Hühnerchen fragte:
„Eins und null ist wieviel, meine Lieben?
Na, wer weiß das?"

„Ist null“, rief eine Maus.
„Ziemlich falsch.“
„Oder zwei?“
„Auch ziemlich falsch.“
„Aber dann fünf.“
„Total falsch, es ist genau exakt EINS.“

„Das wollte ich sagen“, sagte die Maus.
So gut konnte die Lehrerin Frau Hühnerchen rechnen.
Aber WIR hätten es auch gewußt, oder nicht?
Rechenstunde zu Ende.

„Und nun“, rief Frau Hühnerchen nach der Pause, „beginnt die Lese- und Schreibestunde. Gestern lernten wir welches Wort? Na, wer schreibt es an die schwarze Tafel?“ Schnuddel.

Aber dann...
OH JE.
Es war ziemlich falsch geschrieben.
Denn es fehlte?
Na? Was fehlte?

Wir wissen es, aber wir müssen es nicht sagen,
denn es ist ganz einfach:
NUR EIN BUCHSTABE FEHLT.
Ein Buchstabe ist halb so schlimm.
Und dann lernten sie ein neues Wort.
Dieses neue Wort können WIR schon lesen,
wetten?

Du

JEDER KANN DAS NEUE WORT LESEN.

Schnuddel schrieb es auf sein Blatt Papier, wo schon die sieben kosmonautischen Zahlen standen. Schrieb auch noch jenes andere Wort hin, welches er schon lesen konnte und sagte: „Alles komplett, Kameraden, nun weiß ich alles.“

„Na, mein lieber Schnuddel,
da kommt morgen in der Schule wohl noch etliches dazu.“

Und als die Schule dann aus war und der kleine Elefant nun den Schubkarrenzwerg im Schubkarren zog. Und weil Schnuddel nun das Schnuddelpferdchen wohl nicht tragen wollte, krochen er und das Schnuddelpferdchen durch die Zeitmaschinenrolle,
ABER UMGEKEHRT.
Sie kamen nun nicht zwei Stunden FRÜHER heraus,
sondern zwei Stunden SPÄTER.

Sie waren also schon zu Haus, als sie aus der Zeitmaschinenrolle herauskrochen.
Zwei Stunden später.
Das war sehr günstig, denn sie brauchten nicht zu laufen.

So eine Zeitverschiebungsmaschine ist eine total gute Sache, könnten wir gut brauchen, oder nicht?

Wer so ein kleines Grasgespenst
einmal fiepen hört,
weil es in einer Mausefalle festhängt,
sollte es befreien.
Es wird ihm die 7 kosmonautischen
Zahlen schenken, mit welchen so eine
Zeitverschiebungsmaschine gebaut werden kann.
Und wer also das Glück hat, ein
kleines Grasgespenst befreien zu dürfen,
der wäre fein raus. Für immer und allezeit und
zumindest, was die Schule angeht.